Vente le Jeudi 14 Janvier 1864

OBJETS DE LA CHINE

PORCELAINES

BRONZES, MATIÈRES DURES

annoté par

(Wetterhan)

Me CHARLES PILLET ·   M. FEBVRE

COMMISSAIRE-PRISEUR   EXPERT

1864

EXEMPLAIRE DE H STETTINER

RENOU & MAULDE

IMPRIMEURS DE LA COMPAGNIE DES COMMISSAIRES-PRISEURS

Rue de Rivoli, 144.

CATALOGUE

D'UNE INTÉRESSANTE COLLECTION

D'OBJETS

DE LA CHINE & DU JAPON

**Émaux cloisonnés; Jades et Matières dures; Bronzes
et Porcelaines de Chine;**

LE TOUT RAPPORTÉ RÉCEMMENT DE LA CHINE

DONT LA VENTE AURA LIEU

HOTEL DES COMMISSAIRES - PRISEURS

Rue Drouot, nº 5

SALLE Nº 3

Le Jeudi 14 Janvier 1864, à deux heures

Par le ministère de **Mᵉ CHARLES PILLET**, Cᵗᵉ-Priseur,
rue de Choiseul, 11,

Assisté de **M. FEBVRE**, Expert, rue Laffitte, 12,

CHEZ LESQUELS SE DISTRIBUE LE PRÉSENT CATALOGUE

EXPOSITION PUBLIQUE

Le MERCREDI 13 Janvier 1864, veille de la vente, de 1 h. à 5 h.

PARIS

RENOU & MAULDE

IMPRIMEURS DE LA COMPAGNIE DES COMMISSAIRES-PRISEURS

Rue de Rivoli, 144

1864

CONDITIONS DE LA VENTE

Elle sera faite au comptant.

Les acquéreurs paieront en sus des adjudications, cinq pour cent, applicables aux frais.

DES OBJETS

ÉMAUX CLOISONNÉS DE CHINE

1 — Pagode en émail cloisonné de Chine. Beau et grand monument dont la partie supérieure offre un dôme supporté par 4 colonnes ; au centre, sur un trône, est assise une divinité ; la base offre un socle ayant la forme d'une feuille de lotus ; les émaux de couleurs variées sont exceptionnels.

2 — Deux écrans miroirs en émail cloisonné ornés de fleurs et de fruits, en couleur sur fond bleu turquoise. Les tiges en bronze doré sont supportées par des éléphants accroupis, également en émail cloisonné ; les draperies qui les couvrent sont en bronze doré.

3 — Très-belle bouteille en émail cloisonné. Riche décor de papillons et d'insectes de couleurs variées sur fond bleu turquoise ; anses formées par des chimères, en bronze doré.

4 — Petit brazero avec couvercle en émail cloisonné, fond bleu turquoise avec fleurs, en couleur. Au bas du couvercle règne une frise en bronze avec dragon mobile.

5 — Très-beau vase en émail cloisonné à l'intérieur et à l'extérieur, de forme élancée avec col fortement évasé; le centre est séparé par des arêtes saillantes et perpendiculaires, en bronze doré. Pièce du travail le plus fin.

6 — Bouteille en émail cloisonné, décor de fleurs.

7 — Petite boîte à parfums avec son couvercle. Pièce en émail cloisonné, décor de fleurs.

8 — Poignée de dignitaire. Pièce curieuse en émail cloisonné.

9 — Support ou brûle parfums en émail cloisonné.

JADES & MATIÈRES DURES

10 — Grand vase en jade vert, à six pans, orné de trois frises, deux à palmettes et l'autre à arabesques; anses mobiles, avec animaux chimériques détachés à jour. Pièce capitale.

11 — Cippe en jade vert de haute dimension. Autour règne un riche décor, d'un beau travail, représentant des pagodes et des figures dans un paysage boisé; sculpture à haut-relief. Sur le bord sont gravés des caractères chinois.

12 — Coupe ou vase en cornaline onyx, rouge et blanche. La partie qui comprend la matière blanche est entourée de branches et de fruits de pêchers. Au bas est une grue mangeant.

13 — Courge ou vase en jade gris, orné de branchages à jour se détachant en relief. Pièce
d'une belle matière et d'un travail très-fin.

14 — Deux beaux vases d'appliques en lapis-lazuli,
forme balustre, décor de zig-zag, de frises
de godrons et de caractères chinois, anses
évidées prises dans la masse. L'une de ces
pièces est fendue.

15 — Groupe en jade gris offrant deux vases. L'un
est entouré par un dragon et un oiseau fan-
tastique; l'autre, soutenu par des enfants,
repose sur un éléphant auprès duquel est un
petit cornac.

16 — Petit vase à panse aplatie, en cristal de roche;
anses à têtes de tigres soutenant des anneaux
engagés dans la masse.

17 — Petite coupe en jade gris, anses à jour; l'extérieur orné de petits clous saillants, pied et
couvercle en bois de fer finement sculpté et
damasquiné.

18 — Autre coupe en jade blanc plus grande que la
précédente; les anses à jour sont formées par
des dragons; pied et couvercle en bois de
fer.

19 — Petite coupe en agate orientale rubannée.

20 — Autre coupe en agate orientale mamelonnée;
anneau mobile.

21 — Diverses amulettes en jade vert clair sculpté. —
Ce lot sera divisé.

BRONZES

22 — Grand brazero à anses élevées, il repose sur trois pieds cylindriques, la panse de forme lobée est enrichie d'ornements et d'animaux fantastiques.

23 — Grand vase antique en bronze chinois, décoré de feuilles d'eau, de palmettes et de rosaces, le tout en haut-relief.

24 — Bouteille en bronze, couverte d'arabesques damasquinés d'argent, le haut et le bas ont été dorés.

25 — Petit brazero en bronze chinois, pièce ancienne ornée de cinq frises superposées.

PORCELAINES

26 — Grand vase à quatre pans, en très-ancienne porcelaine, fond bleu de roi, orné de frises, gauffrées sous émail.

27 — Grand vase, décor bleu, à deux teintes, représentant des paysages.

28 — Vasque en très-ancienne porcelaine craquelée, fond gris chamois, couvercle en bois sculpté, avec bouton en prisme d'améthyste.

29 — Très-beau vase de forme ovoïde, décor rouge
de cuivre sur fond blanc, offrant des ornements au milieu desquels est le dragon impé-
rial poursuivant un phénix. Belle pièce.

30 — Beau vase à col évasé en porcelaine, fond bleu,
turquoise craquelé, imitant le galuchat.

31 — Belle bouteille à cinq goulots, en porcelaine
gaufrée et fleurie sur fond céladoné.

32 — Beau vase orné de frises et de nombreux per-
sonnages se promenant processionnellement
pour célébrer la fête du Solstice (du Dragon).

33 — Grand vase avec fleurs émaillées et orné de huit
médaillons en couleurs, représentant des
paysages, figures, jonques et cours d'eau.

34 — Deux grands et beaux vases en porcelaine, fond
rouge pâle, décorés de quadrilles et de frises,
bleu turquoise, le tout rehaussé d'or.

35 — Deux vases à couvercles, entourés d'ornements
et de dragons impériaux, verts sur fond
blanc.

36 — Deux vases balustres, fond blanc craquelé,
anses en biscuit, formées par des lions.

37 — Petite jardinière fond bleu de roi, avec acces-
soires réservés en blanc sous l'émail.

38 — Bouteille à col droit en porcelaine, fond bleu
turquoise craquelé.

39 — Deux vases de forme cylindrique, fond rose gravé
sous émail, avec fleurs et oiseaux de couleur.

40 — Vase à col étranglé, très-beau décor avec com-
bats de dragons, en rouge de fer, sur fond
blanc, pièce d'un bel émail.

41 — Chimère et son petit, en céladon rouge, jaspé
de violet.

42 — Grande bouteille, fond rouge, jaspé violet.

43 — Deux vases cylindriques, en porcelaine gris rosé
et craquelé, sur les deux faces des chimères
se détachent en bleu.

44 — Groupe en céladon rouge moucheté, il repré-
sente un philosophe tenant un fruit, et assis
sur un cerf. Pièce d'un aspect original.

45 — Brazero à anses élevées, en porcelaine craquelée,
il est entouré d'une frise.

46 — Vase balustre fond rouge, dit haricot, anses à
mufles de lion.

47 — Bouteille fond bleu tendre, avec dragon se dé-
battant au milieu des vagues, décor bleu
foncé, pièce de choix.

48 — Gargoulette en porcelaine craquelée, fond bleu
turquoise.

49 — Bouteille gargoulette, fond rouge rubis. Bonne
pièce.

50 — Vase de forme hexagone, orné de frises et de
palmettes brunes imitant le biscuit et se
détachant sur un fond gris craquelé.

51 — Très-beau vase balustre, fond tigré avec plaques
rouges imitant le granit, anses à trompes d'éléphants.

52 — Petit bassin en porcelaine, fond aventuriné et à
reflets métalliques.

53 — Vase forme bouteille, orné de branches de pê-
cher se détachant en bleu et en brun sur un
fond blanc.

54 — Charmante petite pièce en céladon gris jaspé
bleu, offrant deux fleurs de tulipes formant
vases et vide-poches.

55 — Petit vase en céladon craquelé, ancienne qualité; il est entouré d'une ceinture en biscuit
imitant le fer.

56 — Jardinière ronde, l'extérieur fond jaune impé-
rial, l'intérieur émaillé bleu turquoise.

57 — Vase cylindrique, fond bleu moucheté, charmante pièce d'échantillon.

58 — Petit vase d'échantillon, forme gourde à pans.

59 — Vase de belle qualité, fond vert d'eau, sur le-
quel sont des paysages gaufrés.

60 — Vase à quatre pans en porcelaine truitée, fond
bleu tendre, anse formée par des fleurs de
lotus. Pièce très-rare.

61 — Deux petits vide-poches en porcelaine craquelée avec dragons bleus.

62 — Petit vase gris flambé bleu.

63 — Bouteille en porcelaine craquelée fond gris,
goulot droit entouré d'un dragon.

64 — Petit vase en porcelaine craquelée truitée, décor
avec chevaux se détachant en bleu et en
rouge, anses à trompes d'éléphants.

65 — Plat fond bleu perse, au centre et au revers sont des branchages en barbotine blanche sous émail.

66 — Vase en céladon fond vert émeraude craquelé. Échantillon rare,

67 — Coupe à anses élevées en céladon rouge jaspé violet.

68 — Petit brazero en bocaro craquelé, fond bleu turquoise avec frise gravée sous émail.

69 — Vase bouteille, fond rouge.

70 — Quatre bols ornés de fleurs et de dragons.

71 — Vase à trois goulots ayant la forme d'une gourde serrée au milieu par un cordon vert se détachant sur le fond jaune.

72 — Bassin en porcelaine craquelée, fond gris jaspé de rouge et de violet. Cette pièce a la forme d'une feuille de nénuphar.

73 — Théière en céladon gris teinté, ayant la forme d'un fruit.

74 — Charmante petite bouteille ayant la forme d'une gourde, décor fond bleu de roi.

75 — Dix tasses dites chocolatières, décor bleu émaillé en couleur.

76 — Petit flacon en verre camée, gravé bleu sur blanc.

77 — Autre flacon, gravure rouge sur blanc.

78 — Sous ce numéro les objets omis.

Renou et Maulde, imprimeurs de la Compagnie des Commissaires-Priseurs,
rue de Rivoli, 144.